Ce livre appartient à:

À Lili
et sa pile de livres quotidienne.
À Fabienne, Michel et Cyril.

Les émotions de Gaston

J'AI PEUR

Aurélie Chien Chow Chine

hachette ENFANTS

Voici Gaston.
Une petite licorne comme toutes les autres,
ou presque...

Parfois, Gaston est content.
Parfois, il n'est pas content.
Parfois, il est en colère.
Parfois, il se sent triste.
Parfois, il a peur.

Ce sont des émotions.

Et Gaston,
il ressent toutes sortes d'émotions.
Comme toi.

Mais *Gaston* a quelque chose de magique :
sa crinière.

Quand tout va bien, sa chevelure
prend les couleurs de l'arc-en-ciel.

Sinon, elle change de couleur
en fonction de ses émotions.

joyeux

jaloux

en colère

coupable

timide

apeuré

boudeur

triste

Comment se sent Gaston en ce moment ?

Très mal !

Ah, Gaston se sent très mal.
Il fait tout noir dans son cœur
et il va nous expliquer pourquoi.

Et toi, comment te sens-tu aujourd'hui ?

très bien

bien

assez bien

pas très bien

mal

très mal

Pourquoi Gaston se sent-il si mal ?

La journée, Gaston est une petite licorne joyeuse et pleine de vie !

Il aime jouer dans la nature et passe des heures à observer les arbres, les fleurs, les papillons...

Mais le soir, dès que la nuit tombe,
tout devient très sombre.

Gaston ressent alors une petite inquiétude.
Il n'aime pas beaucoup la nuit,
car il sait qu'il va bientôt devoir aller au lit.

Gaston a plein d'idées pour repousser
l'heure du coucher.
À table, il mange petit pois par petit pois...

Quand vient le moment de l'histoire du soir,
il prépare une pile de livres.
Maman les lira peut-être tous ?

Gaston trouve même des super cachettes !

Rien n'y fait.
Il est tard… Il faut se coucher.
Gaston doit s'endormir dans le noir.
Il a peur.

Et comme si la nuit n'était pas assez sombre, il faut en plus qu'il ferme les yeux !

Maman et Papa le rassurent.
Ils lui rappellent qu'ils sont toujours dans la pièce d'à côté.

Mais dès que Gaston se retrouve seul dans l'obscurité, il a vraiment peur.

Gaston frissonne, comme s'il avait froid.

Et si on fabriquait une armure de courage
pour dompter cette peur
avec un **mouvement de respiration** ?

Toi aussi, quand tu sens une peur t'envahir,
tu peux fabriquer ton armure pour la dompter.

Mouvement de respiration pour dompter sa peur

1 **Gaston** ferme les yeux.
Il inspire par le nez et bloque sa respiration.
Puis il pose ses deux mains sur sa tête.
Il imagine une belle armure qui le protège.

2 **Gaston** garde l'air en lui
et dessine son armure de courage
avec ses mains : il les descend
devant lui jusqu'à ses pieds.

3 Protégé par son armure,
Gaston souffle très fort par la bouche,
et il dompte sa peur.

4 Gaston fait ce mouvement 3 fois.
Il faut bien 3 respirations
pour fabriquer une armure
aussi brillante que le soleil.

Puis Gaston reprend une respiration calme.
Il n'a plus peur de la nuit et s'endort tranquillement en imaginant toutes sortes d'histoires merveilleuses, habillé de sa belle armure dorée.

Ce matin, Gaston se réveille en pleine forme !
Il a fait de beaux rêves.

Il a retrouvé sa bonne humeur
et ses couleurs arc-en-ciel.

Si toi aussi, tu as dompté ta peur
grâce à ton armure de courage,
tu te sens soulagé, libéré.
Et ton **sourire** va pouvoir revenir !

Retrouve toutes

Les émotions de Gaston

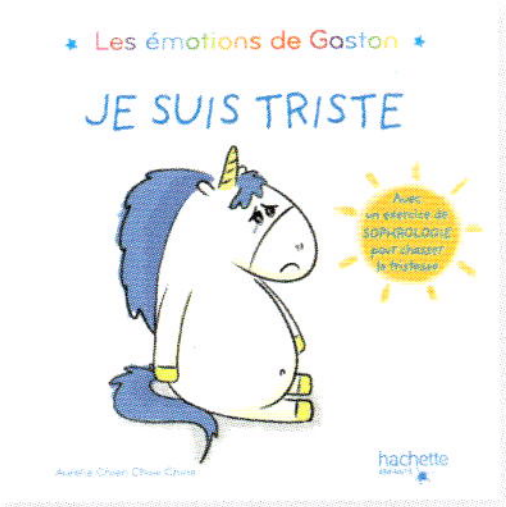

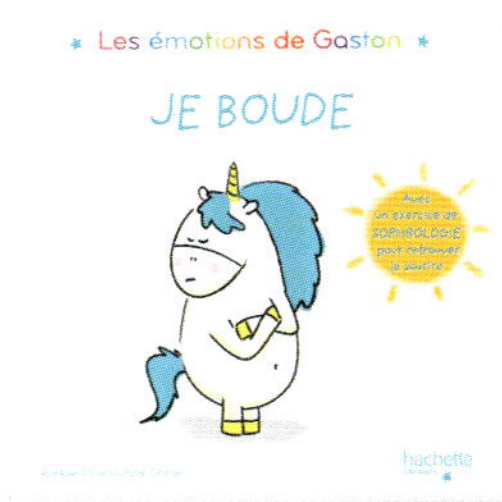

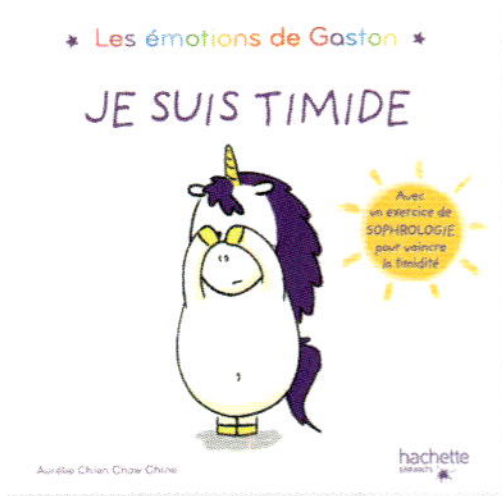

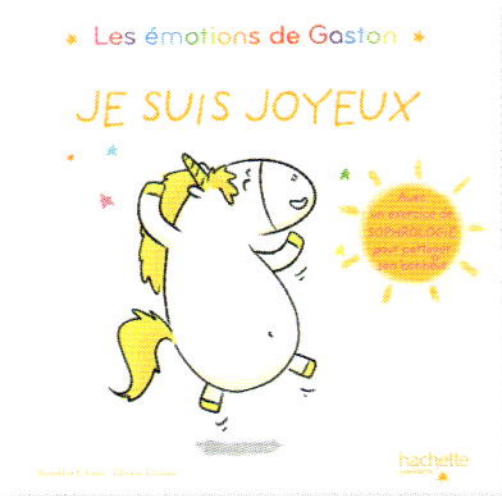

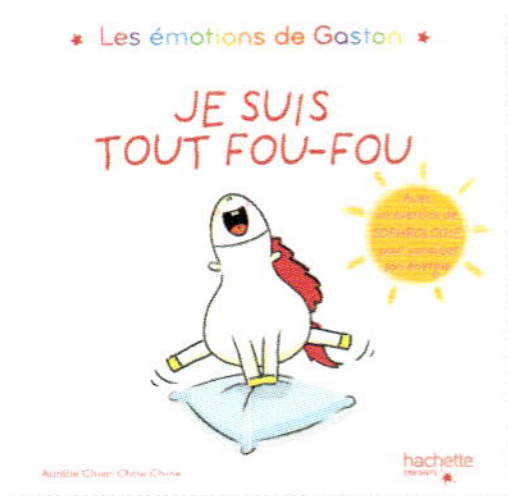

PAPIER À BASE DE FIBRES CERTIFIÉES

hachette s'engage pour l'environnement en réduisant l'empreinte carbone de ses livres. Celle de cet exemplaire est de : 200 g éq. CO_2
Rendez-vous sur www.hachette-durable.fr